GISELDA LAPORTA NICOLELIS

quem te viu, quem te vê

DIÁLOGO

ilustrações
João Montanaro

Quem te viu, quem te vê

Diretoria de conteúdo e inovação pedagógica Mário Ghio Júnior
Diretoria editorial Lidiane Vivaldini Olo
Gerência editorial Paulo Nascimento Verano
Edição Camila Saraiva
Preparação Claudio Fragata

Arte
Ricardo de Gan Braga (superv.), Soraia Pauli Scarpa (coord.)
e Thatiana Kalaes (assist.)
Projeto gráfico Rex Design
Ilustrações João Montanaro

Revisão
Hélia de Jesus Gonsaga (ger.), Rosângela Muricy (coord.), Célia da Silva Carvalho
e Barbara Molnar (estag.)

Iconografia
Sílvio Kligin (superv.), Cesar Wolf e Fernanda Crevin (tratamento de imagem)

CIP-BRASIL. CATALOGAÇÃO NA FONTE
SINDICATO NACIONAL DOS EDITORES DE LIVROS, RJ

N55q

Nicolelis, Giselda Laporta
Quem te viu, quem te vê / Giselda Laporta
Nicolelis ; ilustração João Montanaro. - 1. ed. -
São Paulo : Scipione, 2015.
56 p. : il.

ISBN 978-85-262-9813-2

1. Ficção infantojuvenil brasileira. I. Montanaro,
João. II. Título.

15-27060 CDD: 028.5
CDU: 087.5

CL 739138
CAE 557561

2019
1ª edição
4ª impressão
Impressão e acabamento: Renovagraf

editora scipione

Avenida das Nações Unidas, 7221
Pinheiros — São Paulo — SP — CEP 05425-902
Tel.: 4003-3061 / atendimento@aticascipione.com.br
www.coletivoleitor.com.br

Há histórias tão verdadeiras que
às vezes parece que são inventadas.
– "O livro sobre nada", *Poesia Completa*
Manoel de Barros

Para os que vieram antes,
e aqueles que virão no futuro

SUMÁRIO

Capítulo 1

Meu nome é Miguel e vou contar para vocês a história do meu bairro. Passei minha infância e adolescência acompanhando as transformações que aconteceram ali entre as décadas de 1960 e 1980. Foi por causa dessas mudanças que ele se tornou um bairro importante de São Paulo. E falar de suas transformações é, de alguma maneira, falar das transformações ocorridas em quase toda a cidade, e também em mim mesmo.

A história começa com meu avô Ângelo, pai do meu pai. Ele era construtor. Comprava terrenos em lugares afastados do centro da cidade e depois construía várias casas e as vendia. Daí comprava outro terreno distante e fazia tudo de novo.

Um belo dia ele comprou um terreno grande, que ficava a dez quilômetros do centro da cidade, e construiu uma vila. De um lado ele fez algumas casas, que acabou vendendo, do outro, construiu a própria casa e deixou dois terrenos vagos. Então convenceu o meu pai, que também se chamava Ângelo, a construir uma casa lá.

Quando a minha mãe, Giselda, foi conhecer o lugar onde íamos morar, levou um susto! Foi a primeira vez que ela viu um botijão de gás na vida. Até aquele dia ela só tinha usado gás de rua encanado. E, quando leu em uma tabuleta "limpador de fossa", não se conteve e disse para o sogro:

— Barbaridade! O senhor vai nos trazer para morar no mato!

O vô respondeu:

— Calma, a cidade vai crescer na direção do aeroporto. Isso tudo ainda vai mudar...

O tal aeroporto era o de Congonhas. Ele foi inaugurado em 1936 e passou por várias reformas até se tornar um dos mais importantes do Brasil. Quando eu era menino, nos anos 1960, muitas pessoas vinham de longe só para assistir às decolagens e aos pousos dos aviões. Muitas crianças se divertiam assistindo o vaivém no céu como se estivessem em um parque de diversão.

Minha mãe voltou a se assustar quando soube que ali tinha apenas um açougue, uma padaria e uma farmácia, que ficava aberta até as seis da tarde. Ninguém podia ficar doente depois desse horário! Se precisássemos de um remédio de madrugada, o jeito era ir ao centro da cidade. A mesma coisa valia para as compras de supermercado, porque não havia nenhum na vizinhança. Nem o carteiro chegava lá. Éramos obrigados a tomar uma condução para pegar a correspondência numa agência do correio longe de casa.

Quando eu digo condução, quero dizer "bonde camarão" — um tipo de ônibus movido a energia elétrica, e que corria ligado a cabos sobre trilhos parecidos com os dos trens.

Eu ainda era menino quando minha mãe me contou que, no passado, no lugar onde hoje está esta avenida de São Paulo, ficava a taba de um grande guerreiro indígena e que, em tupi, Ibirapuera significa "mato alto". Dá para acreditar? Agora, o que antes era mato virou asfalto e cimento. Mas muitas ruas do bairro têm nome de origem indígena: Miruna, Moaci, Jurucê, Jandira, Jurema, Jamaris, Anapurus, Açocê e Nhambiquaras.

Quando minha mãe viu que não tinha mais jeito e que íamos mesmo nos mudar para o novo bairro, ficou tão aflita que convenceu a mãe dela, minha vó Ligia, a construir uma casa no último terreno vazio, que ficava entre a nossa casa e a dos meus avós paternos. Minha vó Ligia morava no centro com minha bisavó, Ada. No dia em que elas chegaram de mudança, a família ficou completa. Todo mundo morando perto. Essa é a principal razão da minha infância ter sido tão feliz.

A mãe do meu pai, a vó Antonieta, teve sete filhos e vinte e dois netos! Eu é que me dei bem com isso: tinha dois times de futebol de primos, porque quase todos eram meninos. Nos fins de semana, o bando inteiro vinha almoçar na casa dela. Vó Antonieta era muito boa na cozinha. Por ser filha de italianos, fazia o nhoque mais extraordinário que eu já comi na vida, além de outras gostosuras. A sardinha de panela com louro tinha um cheiro tão bom, mas tão bom, que de longe a gente sentia e dava vontade de comer a panela toda. Os doces também eram uma delícia.

Bem em frente de nossa casa, tinha uma praça onde os moradores costumavam estacionar seus fuscas. Ali, uma tropa de garotos sempre jogava bola, e por isso aquele bairro era o paraíso para qualquer menino. Além da praça, tinha uns campinhos onde se podia jogar futebol e andar de bicicleta sem medo de carros, porque praticamente não passava nenhum. Além dos primos, meus primeiros amigos foram os vizinhos da vila, e, mais tarde, os colegas de escola.

O nome do bairro era Vila Uberabinha. Quando nos mudamos, só havia dois jeitos possíveis de se chegar lá: um seguindo pela avenida Brigadeiro Luís Antônio e depois entrando na avenida Santo Amaro; e outro pegando o bonde, que ia do centro da cidade até o bairro de Santo Amaro.

Capítulo 2

A minha mãe nasceu e cresceu no bairro da Liberdade, onde as colônias italiana e japonesa tinham se fixado e conviviam muito bem. Como era um bairro central, dispunha de tudo que o progresso podia dar: esgoto, telefone, gás de rua, serviço de correio a domicílio, lojas de mantimentos, quitandas, açougues, feiras livres e várias igrejas, algumas muito antigas. Havia também colégios católicos, num dos quais minha mãe estudou dos sete aos dezoito anos. Era o São José, de freiras francesas e só para meninas. Lá se falava e escrevia em francês.

Como a Liberdade também era o bairro da colônia japonesa, havia muitas peixarias, além de lojas onde se compravam lindas bonecas e xícaras de porcelana finíssimas chamadas de "casca de ovo".

Minha mãe tinha muitas colegas nisseis – filhas de japoneses. O pai de uma delas, a Fumiko, era dono do melhor cinema japonês do bairro, e minha mãe ganhava ingressos para assistir a filmes de samurais. Ela adorava essas sessões e ia sempre na companhia do avô, João.

Quando estava no último ano do antigo colegial, minha mãe decidiu que ia estudar Jornalismo na faculdade Cásper Líbero. Ninguém sabia o que caía no vestibular. Uma funcionária da minha vó Ligia, no Tribunal de Contas do Estado, disse que o irmão dela, Ângelo, talvez pudesse ajudar. Ele tinha um amigo que havia estudado lá. Quando o irmão da moça (o meu pai) viu a garota (minha mãe), achou-a encantadora. Já a minha mãe achou o rapaz muito tímido.

Giselda e Ângelo foram conversar com o tal amigo, que deu todas as informações sobre o vestibular. Quando os dois se viram a sós novamente, Ângelo a convidou para tomar um lanche. Na volta, ao passarem em frente à catedral de São Paulo, ainda em construção, Giselda perguntou:

– Então, como ficamos?

Comprovando sua timidez, Ângelo respondeu:

– Você vai para lá, e eu, por aqui.

Desanimada, minha mãe foi embora. Dias depois Ângelo tomou coragem e ligou. Como Giselda estava dormindo e atendeu meio sonolenta, ele achou que ela não estava interessada e rasgou o número de telefone.

Minha mãe, porém, não desistiu. Havia um baile pró-formatura, e ela o convidou para acompanhá-la. Desta vez, Ângelo não perdeu a chance. Só que, ao chegar ao baile, disse:

– Eu não danço.

Giselda suspirou. Ela frequentava bailes em salões de dança da cidade, vestida a rigor, com orquestra ao vivo. Sempre que podia, aproveitava a noite inteira e só parava de dançar quando a orquestra ia embora.

Depois do baile, onde passou a maior parte sentada, batucando com os pés, ele a convidou para ir à missa no dia seguinte. Ao subirem a ladeira, ela, muito decidida, resolveu dar o golpe final:

– Afinal, agora estamos namorando ou não?

– Agora sim – ele respondeu.

Ângelo tinha vinte e dois anos e cursava o terceiro ano de Direito. Giselda, aos dezoito, passou em segundo lugar no vestibular da faculdade de Jornalismo. Depois de quatro anos de namoro, eles se casaram, em 1960. Foram morar na Liberdade, num prédio recém-construído. Foi lá, em 1961, que eu nasci, prematuro. Minha mãe não tinha leite, e eu não tinha força para mamar. Fui criado com leite de amas da Cruz Vermelha — meu bisavô, João, e minha vó, Ligia, iam buscar duas vezes por dia garrafinhas do precioso alimento, cada uma com um quarto de litro.

Capítulo 3

Quando minha mãe estava grávida de mim, sentiu algo diferente enquanto tomava banho. Como não havia ninguém em casa para socorrê-la, refugiou-se na vizinha. Até que finalmente o meu tio Waldemar, que era obstetra, chegou e constatou que ela estava com metade da dilatação para o parto e teria que ficar de repouso absoluto até a data prevista para o nascimento.

Conclusão: eu quase nasci no chuveiro! Mesmo com a minha mãe de repouso, eu acabei nascendo de oito meses. Naquele tempo, costumava-se dizer que bebê prematuro não vingava, ainda mais com quarenta e cinco centímetros de comprimento e apenas dois quilos.

A freira que assistiu ao parto ficou impressionada com a habilidade do tio Waldemar. Depois de tantos partos, aquilo para ele era fácil. Minha mãe tinha facilidade para dar à luz de parto normal, e não precisava nem de anestesia.

Assim que eu nasci, minha vó Ligia fez uma promessa: ela distribuiria enxovais para mães pobres. O número de enxovais distribuídos seria igual ao número de centímetros que eu teria ao nascer. E, durante mais de um ano, ela e minha mãe foram até Santo Amaro, nas Casas Pernambucanas, para comprar e montar os quarenta e cinco enxovais. E olhe que naquele tempo não havia fralda descartável. Elas eram feitas de pano. Também ainda se usava os cueiros de flanela, que minha avó arrematava com crochê para ficarem mais bonitos.

Quando minha avó Ligia nasceu, Ada era muito nova e não tinha leite. Meu bisavô contratou então uma ama de leite que tivera um filho há pouco tempo. Esse irmão colaço – como era chamado o irmão de leite – se tornou motorneiro na capital. Minha avó ia sempre visitá-lo no ponto do bonde.

Minha mãe, por sua vez, também nasceu prematura, de oito meses – característica de família. O médico disse que a bebê não podia esfriar, senão morreria.

Ainda não existiam berçários especializados com incubadora para crianças prematuras. Ele deu um capote de algodão para aquecer a recém-nascida, dizendo que a bebê não podia tomar banho, apenas ser limpa com óleo de amêndoas e talco. Um mês depois a bebê não tinha um cheiro muito agradável, como costumam ter os bebês.

Minha bisa, Ada, sempre a mais corajosa da família, resolveu que já era hora de um banho de verdade. Enquanto uma passava as roupinhas, a outra lavava a bebê. Depois de um mês, ela não apenas continuava viva, como também estava com a pele limpa e cheirosa. Quando voltaram ao consultório, o médico comentou, surpreso: "Que criança linda. E a outra, já morreu?". Ao saber que era a mesma bebê, ele disse, meio sem graça: "Essa criança deve a vida a vocês".

Pela vida afora, essa história era relembrada pela bisa, que sempre dizia à minha mãe: "Me obedeça, que eu salvei a sua vida". Curiosamente, quando a bisa ficou velhinha, aos cuidados da neta, era minha mãe quem dizia: "Agora você é o meu bebê, me obedeça".

Capítulo 4

Mudei para o bairro novo quando tinha três anos. Minha irmã, cinco anos mais nova do que eu, já nasceu lá. No começo, dormíamos no mesmo quarto, mas a bebê chorava tanto, sempre trocando o dia pela noite, que implorei para que levassem o berço dela pro quarto dos meus pais. Quem sabe assim eu voltasse a ter sossego. Ela acordava pontualmente à meia-noite e só pegava no sono às sete da manhã. Um dia, meu pai chegou a desmaiar de sono dentro de um banco e quase tiveram que levá-lo ao pronto-socorro.

Minha mãe dormia de dia, as duas dormiam ao mesmo tempo, e isso só piorava a situação. Sem sono à noite, minha irmã era capaz de acordar o bairro inteiro, competindo com o avião correio que passava à meia-noite em ponto, despertando as crianças e toda a cachorrada, que não parava de latir.

Naquela época, não existia escola para crianças menores. Então, só aos sete anos entrei em uma escola estadual do bairro – a Napoleão de Carvalho Freire. Eu tive professores maravilhosos. Certo dia, a dona Wanda, minha professora do primeiro ano, chamou meus pais e disse:

– Vejam o que vocês vão fazer com esse menino porque ele é muito inteligente!

Modéstia à parte, eu era mesmo um bom aluno e adorava, principalmente, as aulas de Ciências. Naquela época era permitido fazer experiências com animais – operar ratinhos depois de anestesiados. De todos os animais operados da minha turma, apenas o meu sobreviveu – levei para casa o ratinho, que passou a ser tratado como um rei. Ficava numa caixinha, na biblioteca de casa. Até que ele escapuliu e tivemos de desmontar todas as estantes, antes que o danado roesse os livros. Um belo dia, o ratinho sumiu para sempre e me deixou aos prantos – provavelmente foi comido por algum gato esfomeado. Mal sabia eu que, no futuro, haveria muitos ratinhos iguais no meu caminho de cientista.

Na escola havia um grupo de escoteiros, dirigido por um senhor que também morava no bairro. Ingressei no primeiro grau, o de lobinho, e ganhei um lindo uniforme azul com boné, que eu usava com o maior orgulho e até guardei como recordação. No pátio da escola, havia cerimônias com hasteamento da bandeira do escotismo e fogueira, uma festa para as famílias. Os meus pais sempre iam e, de tão entusiasmados, fizeram até o curso de chefes de lobinhos, aprendendo a saudação oficial, com os dedos abertos em forma de V e o indicador tocando a testa.

Além de bom aluno, eu também era um ótimo leitor – na minha casa havia muitos livros. Os meus pais adoravam ler desde pequenos, e, quando se casaram, juntaram as bibliotecas, que se transformaram num grande e precioso acervo de autores clássicos, como Balzac, Flaubert, Victor Hugo, Charles Dickens, Dostoievski, Tolstói, Eça de Queirós, Machado de Assis, José de Alencar, Graciliano Ramos, Guimarães Rosa e muitos outros. Sem falar na coleção completa dos livros infantis de Monteiro Lobato. Minha mãe não censurava nenhuma leitura. Um dia, peguei um livro chamado *Laranja Mecânica*, do autor inglês Anthony Burgess, e perguntei: "Posso ler?". Ela me respondeu: "Aqui não se censura nada. Leia o que quiser". Eu também gostava muito de assistir às séries americanas que faziam sucesso na época, como *Jornada nas Estrelas*, *Perdidos no Espaço*, *Bat Masterson*, *Bonanza* e *A Feiticeira*.

Quando os homens pisaram na Lua pela primeira vez, eu desejei muito ser astronauta, como todo garoto daquela época. O Universo me parecia tão misterioso! Mas a vida me levou para outros caminhos – eu me tornaria um pesquisador não do espaço, mas do cérebro humano, o maior de todos os mistérios.

Um dia, na escola, recebemos a missão de entrevistar seu João, o dono da única farmácia do bairro. E lá fomos nós. Ele foi muito gentil e entregamos o resultado da entrevista à professora, que elogiou o trabalho. Ficamos muito orgulhosos! A professora havia pedido essa entrevista porque o seu João também era um desbravador, como o meu avô. Ele se mudara há anos para o bairro, contrariando a mulher, que não queria viver "no meio do mato", igualzinho à minha mãe. Mal abriu a farmácia, seu João conquistou uma boa clientela, porque ir até o centro da cidade para comprar uma simples aspirina significava gastar muito tempo. Sem falar que mães aflitas também se consultavam com ele, que era farmacêutico formado. Seu João ensinava como socorrer uma criança com convulsão, explicando como impedir que ela mordesse a língua e como fazer para que voltasse ao estado normal. No bairro não havia médico nem hospitais. Então o seu João era muito útil, além de uma excelente pessoa. Mais tarde, um médico abriria seu consultório no bairro e acabaria conquistando esse espaço.

Capítulo 5

Meu vô Ângelo gostava muito da minha mãe. Quando soube que ela queria ser escritora, foi falar com um colega de infância, dono da Editora Clube do Livro, para que desse uma chance à nora. E o dono da editora lhe disse:

— Se ela tiver talento, vencerá por conta própria.

Em 1972, minha mãe publicou sua primeira história, "Floresta em chamas", em uma antologia de contos infantis. Foi então que descobriu sua paixão por escrever para crianças e jovens.

Certo dia, meu avô, lendo jornal, viu que a Secretaria do Estado da Cultura daria um prêmio para um livro infantil inédito. O problema é que o prazo para a inscrição acabaria em quinze dias.

— É a sua chance, concorra! — disse ele.

Minha mãe, em sua máquina de escrever Olivetti portátil, escreveu cem páginas em apenas quinze dias — conseguiu entregar o original apenas dez minutos antes de o prazo expirar. Ela ganhou o concurso e foi receber o prêmio no antigo Palácio do Governo, nos Campos Elíseos, em 1974.

– Separo de você, mas não tiro o sobrenome de meu sogro – ela dizia em tom de brincadeira para o meu pai.

Mesmo velhinho, sofrendo de Mal de Parkinson, meu avô ia aos lançamentos dela nas Bienais do Livro. Desde então, minha mãe não parou mais de publicar livros.

Capítulo 6

Meu pai, ao se formar em Direito, abriu seu próprio escritório e prestou concurso para procurador do Estado, cargo que exerceu por quatro anos. Como queria ir mais longe, passou dois anos devorando livros para se tornar juiz. Em 1974, foi trabalhar em Cardoso, a quinhentos quilômetros da capital paulista.

A cidade ficava próxima à barragem do rio Grande. Fazia um calor tão infernal que a diversão dos moradores era estalar ovos nas calçadas. Telefone e TV, que ainda eram muito raros, não funcionavam por lá, e o único armazém do lugar vendia café em grão, que precisava ser moído em casa. Não havia vegetais frescos para comprar – apenas latarias. O único alimento era carne bovina ou então galinhada, um tipo de arroz misturado a pedaços de galinha caipira.

Minha mãe, logo que meu pai começou a estudar para o concurso, fora taxativa: "Para o interior não vou". Ela acabara de publicar o primeiro livro e queria ficar na capital.

A essa altura, depois de terminar o ensino fundamental, na época o primeiro grau, na escola estadual, fui estudar num colégio particular, o Bandeirantes, porque eu decidira prestar vestibular para Medicina. Ao entrar no colegial, atual ensino médio, o diretor não acreditou quando minha mãe disse que eu só havia estudado em escola pública. Ele achou que eu estava bem adiantado no conteúdo e tinha facilidade em acompanhar os alunos que já estudavam lá. O colégio era conhecido por ser bem "puxado".

Minha irmã frequentava, desde os três anos, a primeira escola maternal do bairro, a Pernalonga, que depois se transformou numa grande escola e passou a se chamar Maria Montessori, da qual ela saiu apenas para fazer a faculdade de Direito.

Capítulo 7

Acho que minha decisão de estudar Medicina começou com a admiração que eu tinha pelo meu tio Waldemar, que todos chamavam de Dema.

Jovem pobre, ele estudou Medicina com o maior sacrifício. Diziam que muitas vezes ia à faculdade depois de ter comido apenas uma banana. E que estudava com livros emprestados dos colegas porque não tinha dinheiro para comprá-los. Ele já era um obstetra experiente quando fez o meu parto e o da minha irmã, de quem se tornou padrinho.

Palmeirense roxo, como eu me tornaria anos mais tarde, até o pipoqueiro do estádio o conhecia. Ele me levava, junto com seu único filho, para assistir aos jogos, onde se descabelava todo, apesar dos cabelos já raros. Ele era uma figura: alto, atarracado como uma placa de bronze, vozeirão de barítono e gargalhada estrondosa.

Certa vez, levantou de madrugada para dar plantão na Santa Casa de Misericórdia e calçou os sapatos no escuro para não acordar a mulher. Chegou mancando, mas foi direto ao ambulatório de ortopedia, apesar de notar que todo mundo ria ao passar. Levou algum tempo para descobrir que tinha calçado um pé de sapato diferente do outro, cada um com um tamanho de salto.

Sempre exagerado, boa praça e humilde, gostava de contar a história do médico húngaro Ignaz Semmelweis, que em 1846

trabalhava no grande hospital de Viena, o maior do mundo para pacientes internos. Lá, quase todas as mulheres morriam quando davam à luz, bem como seus bebês. Em compensação, as que davam à luz no pequeno hospital ao lado, sobreviviam porque eram atendidas por parteiras de mãos bem lavadas. Foi então que descobriram o mistério: os médicos que faziam os partos no grande hospital eram os mesmos que faziam a autópsia das mulheres que morriam, mas não desinfetavam as mãos antes de cuidar daquelas que iam dar à luz. Eram eles que transmitiam a doença às pacientes! Só quando o doutor Semmelweis obrigou todos os médicos a desinfetarem as mãos com cloreto de sódio é que as mortes causadas por uma febre diminuíram.

Tio Dema tinha razão para admirar aquele médico-herói: a irmã dele morrera de febre puerperal, que não poupava nem plebeias nem rainhas.

Capítulo 8

Minha avó Ligia aproveitou muito bem o último terreno da vila e construiu uma das casas mais bonitas do bairro. Ela era professora formada na Escola Caetano de Campos, que tinha até um vestibular para quem queria estudar lá. Foi aluna de canto orfeônico do grande maestro Heitor Villa-Lobos e do ilustre Francisco da Silveira Bueno, professor catedrático de Língua Portuguesa, que chegou a dar aulas para o papa Pio XII.

Ela foi casada com o vô Vicente, advogado e professor, que morreu jovem, aos quarenta e nove anos, quando minha mãe tinha apenas treze.

Vó Ligia tinha uma bela biblioteca, ela ajudava os netos e as crianças da vizinhança a fazer a lição de casa. Corrigia cadernos e emprestava livros para que aprendessem a gostar de leitura. Era um entra e sai o dia todo em sua casa, e as crianças ainda ganhavam um pedaço de bolo!

Ela era aficionada por história do Império brasileiro — tudo que saía, ela comprava! —, tinha coleções desde a década de 1940, que minha mãe herdaria.

Ela também levou as filhas, quando ainda eram adolescentes, às sessões do Instituto Histórico e Geográfico de São Paulo, numa

rua do centro, onde havia palestras de ilustres personagens da cidade, como o poeta Guilherme de Almeida, que recitava ali seus poemas, tudo de graça e para quem quisesse ir.

Frequentava com as filhas – e depois com os netos – o Theatro Municipal onde assistiam a óperas, principalmente as de Puccini, que tinha sido vizinho de sua avó, em Luca, na Itália, antes que ela casasse e imigrasse com o marido para o Brasil, em 1895.

Ligia quis ser pianista, como não conseguiu, comprou um piano e aprendeu a tocar de ouvido. Ela contrataria, anos depois, várias professoras de piano para minha mãe, que não gostava muito do instrumento e acabou optando pelo violão.

Essa avó foi a minha maior influência na infância e adolescência. Foi ela quem me levou ao primeiro cinema, para assistir às comédias do Gordo e o Magro e outros filmes infantis. Foi com ela que fui às primeiras peças de teatro, à primeira ópera, ao primeiro balé, aos primeiros museus, principalmente, o Museu do Ipiranga. Ali, mostrando para mim os vultos históricos representados nas pinturas, chegou a ser confundida com guia do museu!

Capítulo 9

No final dos anos 1960, para tristeza dos moradores do bairro, o novo prefeito resolveu acabar com a linha de bonde que ligava o centro da cidade ao bairro de Santo Amaro. Em homenagem à última viagem, a criançada encheu o bonde de flores. Claro que minha vó Ligia – companheira de todo tipo de aventuras – era uma das passageiras dessa histórica viagem, e seguiu no bonde até o fim da linha, sob aplausos e lágrimas de quem passava na rua.

Nessa época, todos os meus primos estudavam em escola particular – e tinha um que adorava tirar sarro da minha cara, dizendo que eu "estudava em escola de pobre e de janela quebrada". Um dos meus melhores amigos, companheiro de peladas, era o filho do guarda-noturno do bairro, que tempos depois acabou assassinado por ladrões. A mãe dele virou arrimo de família depois que o marido morreu e não podia faltar ao emprego. Por isso, na comemoração do dia das mães na escola, minha avó ficava ao lado do meu amigo, enquanto minha mãe ficava ao meu lado.

Naquela mesma época, uma linha telefônica custava muito caro. Eu me lembro quando minha avó Ligia comprou uma. Daí em diante, uma romaria de vizinhos passou a entrar e a sair da casa dela para fazer ou receber ligações. Se o telefonema era para minha avó Antonieta, bastava chamá-la pela janela porque ela morava no sobrado vizinho. Minha bisa Ada tinha um papagaio, que de tanto ouvir esses chamados, aprendeu a repeti-los. Quando o telefone tocava, ele se emplumava todo no poleiro e gritava:

– Dona Antonieta, telefone!

Uma das novidades mais festejadas no bairro foi o aparecimento de uma feira livre de rua. Logo depois, surgiu o primeiro supermercado onde a vó Antonieta mandava os netos que estivessem de plantão – e eu sempre estava! – comprar pão francês. Durante o caminho de volta, comíamos todos os pães. O jeito era

ela nos dar mais dinheiro para que voltássemos à padaria. Aliás, na casa dessa avó, havia sempre dois bolos: um para os netos e outro para o vô, que era louco por doces.

Certa vez, para atrair a freguesia, o supermercado do bairro distribuiu pintinhos recém-nascidos de brinde para as crianças. Muitos acabaram morrendo, mas outros sobreviveram e, para desespero da vizinhança, tornaram-se galinhos que cantavam de madrugada, como numa orquestra sinfônica. Depois de muita reclamação, as aves começaram a sumir – nunca se comeu tanto frango na vila, para tristeza da molecada e alívio geral dos moradores.

Capítulo 10

No começo da década de 1970, a avenida Ibirapuera, que se tornaria centenária quarenta e cinco anos depois e onde antes corriam os bondes, foi toda recapeada e nela passaram a circular ônibus que faziam o mesmo trajeto, mas sem o antigo charme dos bondes deslizando nos trilhos. De uma hora para outra, o antigo prédio de uma conhecida fábrica de tecelagem do bairro, a Indiana, foi demolido – e as casas dos ex-operários foram compradas por um bom preço, segundo disseram, para acelerar a saída dos proprietários. Então, para a nossa surpresa, começaram a construir um grande shopping – o Ibirapuera, o segundo da cidade –, no lugar desocupado. E pensar que hoje São Paulo tem mais de cinquenta shoppings!

Com o passar do tempo, nossa casa ficou pequena. Minha irmã crescera e precisava de um quarto só para ela. A avenida Ibirapuera corta o bairro em dois. De um lado, ficam as ruas com nomes indígenas, que era onde morávamos. Do outro lado, as ruas têm nomes de pássaros, como Cotovia, Pavão, Bem-Te-Vi, Rouxinol, Canário, Inhambu, Graúna, Sabiá e muitos outros. Foi para esse lado que nos mudamos.

Sem querer, minha mãe encontrou uma casa à venda, na rua Tuim, com o quarto a mais que precisávamos e mais um maravilhoso jardim, habitado por diversos tipos de pássaros. Havia bem-te-vis, sabiás-laranjeira, tico-ticos, rolinhas de cabecinha azul, pica-paus e incríveis beija-flores que pareciam minúsculos helicópteros pairando no ar. Havia até uma solitária coruja.

Minha mãe se apaixonou pela casa e tanto fez que meu pai foi visitá-la. Ele ficou encantado também, mas o preço era muito alto. Apesar de já ser juiz no interior, ele viajava de ônibus leito porque não tinha voo para Cardoso e, mesmo que tivesse, ele não poderia arcar com mais esse gasto. Ele já pagava dois colégios particulares além das despesas de casa. Minha mãe já tinha começado a publicar livros, mas ainda não ganhava o suficiente para ajudá-lo. Mesmo assim, ela acabou convencendo meu pai de que, se a nossa casa fosse bem avaliada, talvez desse para pedir um empréstimo no banco e comprar a casa do sonho.

Meu pai entrou em contato com o dono da casa à venda, que mandou um corretor avaliar a nossa. Cruzamos os dedos, enquanto meu pai tentava um financiamento. Acho que desejamos tanto essa casa que a avaliação foi bem vantajosa. Meu pai conseguiu o financiamento, mas teve de arcar com prestações mensais, o que fez o orçamento familiar ficar bem apertado.

Mudamos para a casa nova em clima de extrema alegria. Em compensação, vó Antonieta ficou bem chateada – não gostou nada de ver o filho longe dela, embora o novo endereço estivesse a apenas um quilômetro da vila. Como consolo, minha mãe ia diariamente visitar a avó e a bisa. Além disso, minha mãe, ao comprar a casa nova, pediu para o antigo proprietário deixar o telefone conosco. Essa decisão foi muito acertada – assim ela podia falar com a mãe e a avó toda hora, de dia e de noite.

Outra novidade boa foi a abertura de uma lanchonete, a Chico Hambúrguer, que logo se tornou ponto de encontro dos jovens do bairro. Eu era um deles. Não havia muitas opções de divertimento na região. Além do parque do Ibirapuera, havia um cinema, na avenida Santo Amaro, onde assisti ao filme *Como era gostoso o meu francês*.

Nunca fui de beber nem de fumar. Também não sabia dirigir. Meus pais não me deixavam nem encostar no carro. Quando entrei na autoescola, o instrutor perguntou de que planeta eu tinha vindo. Quando pedi uma motocicleta de presente, a resposta também foi negativa. Eu tinha pouca liberdade para fazer o que bem quisesse.

Enfim o shopping ficou pronto, mas como não tínhamos muito dinheiro, levamos uns cinco anos para visitá-lo e nos deliciarmos com as vitrines. Até que abriram lá duas salas de cinema, e, desde então, todo fim de semana passou a ser dedicado aos filmes.

Capítulo 11

Meu avô passou a construir em outros bairros pequenos prédios de apartamentos, sem elevadores, para alugar. Com o tempo, juntou uma boa fortuna, mas era muito apegado ao dinheiro – vestia-se com roupas velhas, andava só de ônibus, quem o visse diria que era um pobre coitado. Os filhos e a mulher é que compravam roupas para ele. Quando ia trabalhar no escritório que mantinha no centro da cidade, almoçava lanches comprados na padaria. Ainda bem que no jantar ele fazia uma refeição caprichada, graças ao talento culinário da mulher.

Minha avó teve sete filhos num intervalo de nove anos. Quando os filhos completavam dezesseis anos, meu avô vinha sempre com a mesma ladainha:

– Até agora eu dei tudo; a partir de hoje, darei só casa e comida. Arrumem trabalho.

De certa forma, como contava meu pai, isso foi uma libertação – ganhando o próprio dinheiro, ele podia comprar suas roupas e livros, pagar a faculdade e se livrar da mesquinhez do pai. Ele até prometeu a si mesmo que, quando tivesse seus próprios filhos, jamais agiria dessa forma. Tanto que, mesmo enquanto pagávamos a casa nova, a verdade é que nunca nos faltou nada. E depois, quando nossa mãe passou a ganhar os direitos autorais de suas obras, a situação melhorou.

Apesar de todo o progresso, ainda tinha lugares no bairro onde as vacas e os cavalos pastavam, além de muitos charcos, que demoraram em desaparecer. A antiga favela que havia por lá, com o passar do tempo, sofreu uma drástica transformação – desativada, ela deu lugar à avenida dos Bandeirantes, que se tornaria movimentadíssima.

Capítulo 12

Por falar em Bandeirantes, um pouco mais de história: séculos atrás, bandeirantes chefiados por Borba Gato, partindo de São Vicente, encontraram ouro nas minas de Minas Gerais. Na época, as províncias de São Paulo e de Minas Gerais eram uma só. Ao saber da descoberta, milhares de pessoas chefiadas pelo português Manuel Nunes Viana – e que foram denominadas pelos paulistas de emboabas – correram para as minas. Isso gerou, entre 1707 e 1709, uma verdadeira guerra entre paulistas e emboabas. E dizem que uma das batalhas aconteceu onde mais tarde se abriria a avenida dos Bandeirantes. Essa guerra fez com que as províncias se separassem e São Paulo tornou-se independente de Minas Gerais.

Capítulo 13

Nas ruas do bairro não passavam táxis. Precisávamos ir até a avenida Santo Amaro para conseguir algum, o que só piorava nos dias de chuva. Isso era um transtorno para o meu pai que, volta e meia, precisava ir para a antiga rodoviária no centro da cidade.

No fim da década de 1960, meus pais já tinham um fusquinha, que apelidei de Shere Khan, o tigre. Peguei o nome emprestado de um livro que eu gostava muito, sobre um garoto que fora criado na floresta, o *Livro da Selva*, de Rudyard Kipling. Lá em casa, meu pai foi o primeiro a tirar carta de motorista. Certa vez, ele estava gripado e de cama e minha irmã teve uma convulsão por causa da febre alta. Minha mãe ainda não sabia dirigir, e, desesperada, saiu à procura de um raro táxi. De repente, o motorista de um caminhão, carregado de areia, viu o desespero dela com uma criança nos braços e parou, mandou que ela subisse na boleia e a levou a um pronto-socorro. E o caminhoneiro ainda ficou esperando até minha irmã ser atendida.

Na semana seguinte minha mãe se inscreveu em uma autoescola para tirar carta de motorista. E fez uma promessa de ajudar quem precisasse de carro, porque, nesse tempo, não havia nenhum pronto-socorro na região. Ela acabou levando mulher para dar à luz na maternidade; epiléptico para o hospital e assim por diante. Colocava no carro e lá ia ela. Às vezes a gente ia junto.

O nosso bairro sempre foi muito arborizado. Em nosso quintal, inclusive, havia palmeiras enormes e árvores que davam umas frutinhas vermelhas, comida pelos pássaros que vinham do vizinho parque do Ibirapuera, inaugurado em 1954, durante as comemorações dos quatrocentos anos da fundação da cidade.

Minha mãe contava que, aos quinze anos, participou da inauguração do parque, junto com a família e muitos parentes que vieram do interior especialmente para aquela ocasião. Na festa, eles viram exposta a famosa tela do pintor espanhol Pablo Picasso, a *Guernica*. A catedral de São Paulo estava em construção, o chão ainda era de terra, mesmo assim, houve uma missa em celebração ao IV Centenário de São Paulo.

Capítulo 14

Com a construção de novas avenidas e também do shopping Ibirapuera, o aeroporto foi ampliado e ganhou voos para diversas cidades do Brasil, além dos voos da ponte aérea. O avião correio, para nossa sorte, tinha parado de passar à meia-noite, e a correspondência tinha começado a ser entregue nas residências.

Então o bairro mudou de nome. Deixou de se chamar Vila Uberabinha e ganhou um nome tupi: Moema. Com tudo isso, os terrenos e as nossas casas começaram a se valorizar. O vô sorria satisfeito com sua acertada visão de negócio.

Logo depois de nos mudarmos para a casa nova, meus avós paternos completaram cinquenta anos de casados. Houve uma cerimônia emocionante, com todos os filhos e netos presentes, além dos parentes mais próximos. Minha irmã foi dama de honra e entrou na frente dos "noivos", levando as alianças, ao lado de um primo, ambos escolhidos por ser os netos mais novos. Ela foi vestida de Julieta, roupa inspirada no figurino de um filme que estava em cartaz, *Romeu e Julieta*. Depois da cerimônia religiosa, teve uma grande festa e, de repente, percebemos que nossa Julieta rodopiava: entusiasmada com os coquetéis cor-de-rosa de pêssego e champanhe, cada vez que o garçom passava, ela pegava um.

Meu avô tinha a saúde cada vez mais fragilizada pelo Mal de Parkinson. De tanto a família insistir, ele deixou de andar de ônibus e aceitou contratar um motorista que o levava e depois ia buscá-lo no escritório, no centro da cidade. Ele trabalhava no terceiro andar de um prédio pequeno e sem elevador.

Certo dia, descendo as escadas para ir ao banco, ele se desequilibrou, caiu e bateu a cabeça no chão de mármore. Foi levado desacordado para o hospital onde, depois de vários dias em coma, infelizmente, morreu. Esse episódio traumatizou a família – ele era o chefe de um clã muito unido. Apesar das suas manias excêntricas, todos o amavam e respeitavam.

A casa da vila acabou sendo vendida, e a vó Antonieta se mudou para um apartamento num bairro distante. Acabaram-se os almoços domingueiros, cheios de alegria, os filhos e netos em volta da enorme mesa, o aconchego da presença dos avós.

Eu sentia uma falta imensa dela e da sua comida maravilhosa. A sorte é que eu ainda tinha a vó Ligia por perto.

Capítulo 15

O bairro crescia, os terrenos e as casas aumentavam de valor, mas gás de rua e esgoto ainda não tinham sido implantados.

Do lado da nossa nova casa ficava um bufê muito conhecido, que organizava festas até para artistas famosos. Quando meu pai viajava, a gente se sentia seguro, ouvindo os funcionários trabalharem a madrugada toda, entre conversas e risadas. A dona desse bufê era uma senhora muito simpática, que costumava trazer para nós, no Natal, um delicioso peru com castanhas assadas.

Certo dia, minha mãe, sentada na sala, olhando o jardim, viu uma cena estranha: parecia que dois gatos pulavam sela. Olhando melhor, ela percebeu que não eram gatos, mas sim duas ratazanas, provavelmente atraídas pelo cheiro das iguarias do bufê.

Chamamos o especialista em desratização, e ele espalhou iscas pelo quintal inteiro e também dentro de casa.

Certa noite, eu estava assistindo à televisão quando senti algo mordendo meu tênis – era uma ratazana enorme. Dei um pulo e um berro que acordou a família inteira. Meu pai desceu as escadas imaginando o pior e me encontrou em cima do sofá. Por sorte, o guarda-noturno matou a ratazana a pauladas. Mas o veneno fizera efeito: durante toda a semana, a nossa empregada recolhia com uma pá os filhotes de rato espalhados por todo o quintal.

Não fora apenas o bufê que atraíra os ratos – descobrimos que, bem em frente da nossa casa, tinha um tipo de fossa de esgoto que também precisou ser limpa.

Capítulo 16

Até meados dos anos 1970, não havia prédios residenciais no bairro, apenas casas. A maioria delas não tinha grades, mas jardins abertos na frente.

Agora já havia pontos de táxis – meu pai não precisava mais ficar desesperado quando ia viajar, principalmente em dias de chuva. Além disso, minha mãe já tirara a carta de motorista e, às vezes, o levava até a rodoviária no centro, no bairro da Luz.

Quando fui prestar vestibular para Medicina da Universidade de São Paulo, o fusca Shere Khan ficou sem bateria. Corri, desesperado, até a avenida para achar um táxi que, por sorte, logo apareceu – cheguei no local da prova quando os portões estavam quase fechando.

O resultado da USP demorou a sair. Eu também tinha passado no vestibular da faculdade de Ciências Médicas da Santa Casa, mas tinha o prazo de apenas vinte e quatro horas para fazer a matrícula. Não teve outro jeito. Meu pai fez minha matrícula na Santa Casa, que custou dois mil cruzeiros, uma pequena fortuna na época. Logo mais veio o resultado da USP: eu estava entre os classificados. Só que a faculdade da Santa Casa não quis saber de devolver o dinheiro da matrícula. Depois da revolta geral, a Santa Casa ficou proibida de cobrar matrícula antes que o resultado da USP fosse divulgado.

A minha entrada na faculdade, aos dezessete anos, foi muito comemorada pela família toda. Eu e minha mãe pegamos o fusca e saímos buzinando pelo bairro, numa alegria incontida.

Se a faculdade era gratuita, os livros eram caríssimos. Por sorte, eu já fazia, desde moleque, um curso de inglês e a salvação foi comprar livros importados, muito mais baratos do que os nacionais e que ainda me ajudavam a melhorar o idioma. Saber bem inglês me seria muito útil, anos depois, quando eu imigrei para os Estados Unidos para trabalhar como cientista profissional.

Apesar das despesas que meus estudos davam, meu pai fez milagres com as contas domésticas. Foram anos pagando as prestações da nova casa, que – ao menos isso – valorizava a cada dia. Até que, finalmente, ele conseguiu quitar a dívida. O imóvel, enfim, era nosso.

Quando eu já estava na faculdade de Medicina, começaram a surgir os primeiros prédios no bairro – modificação na paisagem que também ia acontecendo em outras partes da cidade. À medida que os velhos moradores morriam, os filhos vendiam as casas, agora bem valorizadas, para as incorporadoras interessadas em construir prédios residenciais. A decisão facilitava a partilha da herança, evitando brigas desnecessárias entre os herdeiros. Mas isso também aguçou o interesse das incorporadoras, que resolveram investir na compra das casas da região, mesmo as que ainda tinham moradores. Foi quando a nossa casa entrou no cardápio.

Tinha morador que aceitava vender, porque era seduzido pela troca de sua velha casa por apartamentos ainda por construir. Segundo meu pai, esse era um péssimo negócio. Caso a incorporadora fosse à falência, o vendedor perdia seu imóvel e ficava sem o apartamento.

As incorporadoras então mudaram de tática e começaram a oferecer dinheiro pela casa – o que valia mesmo era o terreno, quanto maior, mais caro. Nossa casa tinha um terreno enorme. No total, eram quinhentos metros quadrados.

Nos anos que se seguiram, não passava uma semana sem que algum corretor batesse à nossa porta com alguma oferta. Não entendiam que não queríamos vender a casa que tanto lutamos para conquistar. Ali era o nosso "lar".

Mas, seduzidos pelas ofertas, nossos vizinhos começaram a vender suas casas. Meu pai, contudo, herdara a paciência do meu avô. Ele sabia que devia esperar. Os mais precipitados vendiam e depois se arrependiam, principalmente aqueles cujos pais haviam falecido. Na divisão entre irmãos, o que tinha parecido um grande negócio, se esfacelava. O pior é que acabamos fazendo vários inimigos. Eles diziam a meu pai: "Perdi o negócio por sua causa". Ele respondia: "Cada um faz o negócio que lhe interessa. Eu não quero vender e não vou vender".

O cerco foi se fechando. Um grande incorporador começou a comprar todo o quarteirão. Fomos ficando isolados, mas meu pai não cedia. Até que dessem o preço justo, ele não venderia, mesmo com os vizinhos dizendo que a nossa casa viraria lata de lixo dos prédios que seriam construídos ao redor.

Capítulo 17

Outras lojas surgiram no bairro para atender às novas necessidades dos moradores. À direita da nossa casa, onde funcionava o bufê, abriram uma academia de ginástica. Diversos açougues apareceram e também padarias mais sofisticadas. Bares, sorveterias, salões de beleza. Com o aumento de carros nas garagens, surgiram os postos de gasolina. A vizinhança foi deixando de ser exclusivamente residencial, e foi ficando mais comercial.

Os dois cinemas do shopping atraíam cada vez mais gente, principalmente nos fins de semana. As filas davam volta no quarteirão. Isso acontecia porque os tradicionais cinemas de rua fechavam as portas, por falta de público ou por se tornarem antiquados. Aos poucos, a população se acostumava à comodidade das poltronas confortáveis e ao ar condicionado dos cinemas de shopping.

Nossos vizinhos de frente moravam numa casa enorme, que servia também de consultório do pai e do filho, ambos dentistas. O rapaz casou e continuou a morar ali com a mulher e a filha. O terreno da casa era o dobro do nosso. Quando o pai faleceu, o filho continuou na casa, com a mãe viúva e a família.

Os corretores não perderiam uma oportunidade como aquela e vieram ávidos – ali daria para construir um grande prédio. Tanto fizeram, aguçando o interesse do rapaz, que ele concordou com o negócio. Logo desocupou o imóvel, levando a mãe idosa, que não parecia muito feliz em sair da velha casa.

Sem muita demora, a casa foi ao chão e começaram as obras do primeiro edifício da rua. Não demoraria muito para que, na esquina, outra casa fosse vendida. No terreno foi construído um edifício bem alto – contrariando algumas leis da época que proibiam construções muito altas em área de rota de aviões. Até que certo dia um avião chegou a derrubar o para-raios do prédio, quase causando uma tragédia.

Com a construção dos prédios, a população do bairro aumentou. Na avenida principal, logo apareceriam os primeiros bancos e as primeiras escolas, principalmente aquelas que atendiam crianças pequenas. A escola maternal na qual minha irmã ingressara aos três anos, e lá ficou até o colegial, se transformaria em faculdade.

Muita gente já tinha seu próprio carro, e muitos outros ainda iriam querer ter o seu, então logo uma concessionária de veículos foi aberta. O bairro crescia. Antes as pessoas se conheciam de vista; agora a maioria era de desconhecidos.

Não se falava muito, até então, de violência na região. As crianças andavam tranquilamente de bicicleta e as pessoas passeavam ou iam às compras despreocupadas. Até que certa madrugada, acordamos com o som de tiros... Um dos moradores costumava chegar tarde do trabalho. Provavelmente alguém passou essa informação aos ladrões, que pularam facilmente o muro e o esperaram no jardim.

O guarda-noturno – nosso salvador no caso da ratazana! – percebeu o que acontecia e chamou a polícia. Os ladrões trocaram tiros com os guardas, mas levaram a pior. O final da história foi sinistro: depois dos tiros, escutamos a empregada lavando o sangue na calçada com a mangueira.

Começaram então a aparecer as primeiras grades nas casas e, aos poucos, foram acabando aqueles belos jardins. Fomos todos "condenados" à prisão.

Meu pai chegou a ser rendido por ladrões em frente de casa. O bandido queria entrar, e ele disse: "Aqui você não entra!". Sorte que o ladrão ainda não estava no patamar de crueldade que os criminosos atingiriam anos mais tarde, e se conformou em apenas levar os pertences do meu pai.

Foi então que compramos um casal de Dobermanns, verdadeiras feras. A fêmea era tão brava que atacou o macho e precisou ser mandada embora. Minha mãe tinha pavor do cachorro. Cada vez que precisava sair para o quintal, ela atirava um pão italiano, que ele abocanhava com sua enorme boca. Enquanto ele comia, ela fazia o que tinha de fazer. Na volta, repetia a mesma coisa. Nunca se comprou tanto pão italiano em casa.

Com o progresso, a violência chegou ao bairro. Minha mãe foi assaltada algumas vezes. A primeira foi no salão de beleza que frequentava. De repente, todo mundo correu para a cozinha do salão, enquanto ela lia uma revista. Foi quando sentiu algo na cabeça: não era um pente ou uma escova, mas a arma do ladrão, que a manteve assim até roubar tudo o que ela trazia na bolsa.

Outro assalto que minha mãe presenciou foi dentro de um banco. Ela conversava com a gerente quando percebeu certa confusão na porta e pensou: "Briga ou assalto?". Enquanto a gerente entrava dentro de um armário, minha mãe correu para o banheiro. Só saiu de lá quando percebeu que tudo se acalmara. Ela já estava ficando especialista em assaltos.

Capítulo 18

O número de voos no aeroporto aumentou tanto que, no fim da década de 1980, a cada dez minutos os aviões sobrevoavam nossa casa fazendo um barulho ensurdecedor. Como bem dissera o meu avô, a cidade ia crescer em direção ao aeroporto – ele só não imaginava que o próprio aeroporto cresceria tanto.

Minha mãe herdou um problema no ouvido chamado otosclerose, uma doença genética, que um dia se manifesta. Um dos ossículos internos do ouvido se calcificou. O especialista consultado confirmou que já existia uma microcirurgia que substituía o ossículo por uma prótese, mas sua recuperação esbarrava em um grave inconveniente: com o barulho dos aviões, após a operação, ela corria o risco de perder a audição dos dois ouvidos.

Ela percebeu que não ouvia direito logo depois do nascimento da minha irmã, quando deixou de escutar por um dos ouvidos o tique-taque do relógio e o toque do telefone. Muitos anos depois – e com a sofisticação da medicina –, ela descobriu que a mulher que tem esse problema genético, a cada gravidez, por causa dos hormônios, perde 30% da audição.

Quando minha avó Ligia ficou doente – ela tinha um problema cardíaco que se resolveria com uma operação –, ela se recusou a fazer a cirurgia. O cardiologista que a atendia não se conformava. Garantia que era só desentupir uma válvula e ela ficaria livre da doença. Minha bisavó Ada já era bem idosa, mas gozava de uma saúde incrível. Ainda bem que minha mãe continuava morando perto das duas. A sorte também é que ambas tinham uma empregada de décadas, muito dedicada.

A casa da vila, onde a vó e a bisa continuavam morando, livre da especulação imobiliária, tinha quatro quartos. Mas Ada era medrosa e, desde que ficara viúva, ambas dormiam juntas na cama de casal. Sobravam três quartos, um deles virou biblioteca, com tesouros da literatura amealhados durante décadas.

Logo cedo, minha mãe passava pela nova padaria, que ficava próxima à vila, comprava pão e leite, ia à casa das duas, preparava o café e subia com a bandeja para o quarto, onde dois pares de olhos verdes a esperavam. Enquanto elas comiam, as três conversavam alegremente.

Quando minha bisavó Ada ia ao geriatra, a enfermeira perguntava o ano em que ela nascera, e minha mãe, que sempre a acompanhava, dizia: "1896". A enfermeira não acreditava que aquela senhora vaidosa, sem rugas no rosto, tinha quase noventa anos. Ela, que vivia no interior quando moça, era considerada a mulher mais bonita da cidade. Meu bisavô tinha sempre um comentário na ponta da língua quando falavam sobre alguma mulher bonita: "Nem chega aos pés de Ada".

Minha avó Ligia tinha verdadeira veneração pela mãe. Ela fez minha mãe prometer que, caso ela faltasse, jamais poria minha bisavó num asilo. Minha mãe prometeu e cumpriu: cuidou de Ada até ela falecer, quase aos cem anos, ainda morando na própria casa, na vila, com uma cuidadora. Ela partiu mesmo de velhice, não tinha doença nenhuma. Chegou a conhecer os netos, os bisnetos e os trinetos.

Capítulo 19

Tudo parecia uma grande aventura durante minha infância e adolescência naquele lugar. No bairro costumava faltar muita luz. Quando isso acontecia, nossa mãe nos colocava no carro e íamos até a velha vila, à casa da vó e da bisa, para tomar banho e comer. Um dia, quando voltamos, um enorme pinheiro tinha caído bem em frente da garagem de casa. A nossa sorte foi que isso aconteceu depois de sairmos. Muitas árvores do bairro eram antigas e corroídas por cupins.

Minha mãe, que nunca tinha visto um botijão de gás até se mudar para o bairro novo, já estava experiente em trocá-lo. Quando um caminhão de gás veio trazer um botijão novo, o funcionário não conseguiu desatarraxar o vazio e perguntou: "Quem instalou esse botijão?". Minha mãe respondeu que tinha sido ela e o rapaz comentou, surpreso: "Mãozinha forte, hein, dona!".

Uma das casas vizinha à nossa – após o falecimento do casal de proprietários – foi alugada para um restaurante árabe. Isso causou novos problemas para nós, porque os clientes estacionavam os carros em frente ao nosso portão e, às vezes, era preciso chamar a polícia. Sem falar que restos de gordura escorriam pela rua e calçada, causando mau cheiro. Enfim, não sei se foram pelas reclamações ou porque o aluguel ficou muito alto, o proprietário do restaurante resolveu mudar de endereço.

Mas os herdeiros do casal falecido resolveram alugar a casa de novo e transformaram o lugar num salão de festas. Mais transtorno. As festas duravam até três da madrugada e quando

os convidados saíam, era a vez da barulheira das garrafas vazias sendo encaixotadas.

Além desse restaurante, outros começaram a surgir – uma pizzaria famosa do bairro do Bixiga, a Speranza, abriu uma filial. Logo apareceu um restaurante japonês, que também se tornou muito frequentado. E outros, com cozinha de várias nacionalidades, foram se estabelecendo até que o bairro ficou famoso pela sua culinária internacional variada.

Também apareceram as primeiras *pet-shops* para atender aos moradores que tinham cães. Isso sem falar nas lojas que vendiam filhotes e ração.

Surgiram ainda várias agências de correio pelo bairro. O avião da meia-noite ficara na lembrança, mas os demais, durante todo o dia e parte da noite, continuavam sem cessar. Perdemos a conta de quantos pratos se quebraram a cada vez que um deles sobrevoava a nossa casa.

Como se fosse um roteiro de progresso – à medida que prédios residenciais eram construídos, com muitos andares, o que significava um grande número de novos moradores –, abriam-se salões de beleza, farmácias 24 horas, papelarias e todo tipo de prestação de serviço. Até uma nova igreja surgiu, pequena, mas confortável, que passou a coexistir com a igreja da matriz e os templos de outras religiões.

Para concluir essas novas obras, muitas casas foram desapropriadas, para desgosto dos antigos proprietários, que se sentiam prejudicados duplamente: por terem de se mudar e também pelo baixo valor recebido. Alguns ficavam em suas casas ao lado de prédios altíssimos, como se fossem vassalos de castelos. Essas casas perdiam o valor, porque no pequeno terreno já não se podia construir nada. Acabavam então sendo alugadas para lojas, bares e todo tipo de negócio. Mas nós resistimos por mais um tempo.

E foi assim que o meu bairro aos poucos foi se modificando – não apenas no nome, mas na infraestrutura, no número de habitantes, no aumento de prédios residenciais, no aumento do trânsito. E junto com essas mudanças externas, eu também fui mudando e, aos poucos, me transformando em quem eu sou hoje.

* * *

Memórias de família são informações muito valiosas. Quantas crianças nem sabem o nome e a história dos avós. Algumas, infelizmente, nem sabem o nome do pai.

O grande escritor, Albert Camus, escreveu certa vez: "A tristeza da morte dos entes queridos é que com eles vão-se as nossas memórias".

Por isso resolvi escrever a minha história.

E, através dela, recordar momentos importantes da minha vida, da minha família e da cidade onde cresci, tendo o desenvolvimento do meu bairro como cenário. Antes um lugar distante do centro, sem nenhum conforto e infraestrutura, hoje um bairro importante, que meu avô ajudou a construir. Ele era um visionário. Mesmo se vestindo com desleixo, alimentando-se mal e pegando ônibus, sabia que estava construindo algo grande.

Cada pessoa tem um sonho na vida. Talvez o sonho desse avô – que queria ser médico e o pai não deixou porque a faculdade era no Rio de Janeiro – fosse mudar o espaço, a região que existia entre o centro da cidade e o aeroporto. E, naturalmente, ganhar dinheiro com isso. Esse espaço cresceu, transformou-se,

Roteiro de Trabalho

Quem te viu, quem te vê
Giselda Laporta Nicolelis

Miguel, médico e pesquisador, conta a história de sua família, que se confunde com a história do bairro paulistano de Moema. Na década de 1960, seu avô construiu uma vila, que recebeu o nome de Uberabinha, com casas para vender, e uma para viver com a famíla. Quando Miguel tinha apenas 3 anos, ele e seus pais mudaram-se para lá. Aos poucos o bairro tranquilo vai se desenvolvendo. Mudanças são inevitáveis no ciclo do tempo, mas Miguel conservava, pela escrita, as memórias de sua família.

A HISTÓRIA

1. No primeiro capítulo, o narrador afirma "a história começa com meu avô Ângelo, pai do meu pai".

a) Que atitude do avô influenciaria a infância de Miguel?

____
____
____
____
____
____
____
____
____

b) Cite uma característica marcante do avô que se relaciona a um dos temas principais do livro.

____
____
____
____
____
____
____
____
____

2. Ao longo do livro, Miguel nos conta como seus pais se conheceram, como se casaram e fala sobre a trajetória profissional deles. Nesse sentido, marque **V** para as afirmações verdadeiras e **F** para as afirmações falsas.

( ) Giselda e Ângelo se conheceram quando ela procurava informações sobre o vestibular para Jornalismo na Cásper Líbero.

( ) Ângelo, estudante de Direito, encantou-se imediatamente por Giselda, mas, como era muito tímido, não tinha coragem de pedi-la em namoro.

( ) Giselda era escritora de livros infantojuvenis quando conheceu Ângelo em um baile, pois ele adorava dançar.

( ) Giselda e Ângelo se casaram e se mudaram para a cidade interiorana de Cardoso, onde ele tinha sido aprovado no concurso para juiz.

( ) Depois de casados, Giselda e Ângelo foram viver na distante Vila Uberabinha, onde seu primeiro filho, Miguel, nasceu prematuro, de 8 meses.

3. Em vários capítulos da obra, Miguel se refere a seu amor pelos livros e pelos estudos.

a) Que pessoa da família ele afirma tê-lo introduzido no mundo da leitura e da arte? Como ela é descrita pelo narrador?

b) Além da influência apontada no item **a**, há outro fato da narrativa que justifica o amor do narrador pelos livros. Cite-o.

4. Um dos personagens importantes do livro é tio Waldemar, sobre o qual o narrador afirma: "Ele era uma figura: alto, atarracado como uma placa de bronze, vozeirão de barítono e gargalhada estrondosa. [...] Sempre exagerado, boa praça e humilde".

a) Qual a importância de tio Waldemar na vida de Miguel?

b) Analise a linguagem utilizada pelo narrador. Note que ele usa expressões informais e linguagem figurada para descrever o tio. A partir disso, descreva com suas palavras como você interpreta as expressões "era uma figura", "boa praça", "atarracado como uma placa de bronze" e "vozeirão de barítono".

5. Ao longo do livro, o relato da história pessoal de Miguel se mistura ao do bairro em que cresceu, que sofreu transformações significativas.

a) Em que época Miguel viveu sua infância na Vila Uberabinha? Ao final do livro, o narrador se refere à mudança de nome do bairro. Como ele passou a se chamar?

b) Cite duas características do bairro durante a infância e adolescência do garoto que desapareceram.

c) Ao final do livro, Miguel aponta tanto aspectos positivos quanto negativos das transformações ocorridas no bairro. Cite-as.

do professor de Geografia, leia o texto "O que é especulação imobiliária", de Renato Saboya (disponível no *link*: <http://urbanidades.arq.br/2008/09/o-que-e-especulacao-imobiliaria/>, acesso em: 15 out. 2015) e converse sobre isso com os colegas.

2. No final de seu relato, Miguel menciona o crescimento da Vila Uberabinha e sua transformação em Moema, que, de fato, reflete o crescimento da própria cidade de São Paulo. Porém, o progresso econômico vem acompanhado de um lado negativo: as pessoas, que até então viviam tranquilamente no bairro, começam a ser vítimas de assaltos, com tal frequência que ele afirma que sua mãe, depois de um tempo, ficara "especialista em assaltos", pois podia reconhecê-los a distância. Grades nas janelas e cães de guarda começam a fazer parte do cotidiano das pessoas: "foram acabando aqueles belos jardins. Fomos todos condenados à prisão". Reflita sobre essa frase, leia o texto "Violência urbana no Brasil: as vítimas e os criminosos", de Guilherme Almeida Borges (disponível no *link*: <www.mundojovem.com.br/datas-comemorativas/dia-nacional-da-juventude-dnj/violencia-urbana-no-brasil-as-vitimas-e-os-criminosos?dt=1>, acesso em: 15 out. 2015) e converse com seus colegas.

AGORA É COM VOCÊ

1. No capítulo 4, Miguel relata que sua professora pede, como trabalho escolar, uma entrevista a seu João, dono da única farmácia do bairro, porque ele era um dos "desbravadores" do local. Procure os moradores antigos do seu bairro e faça com eles uma entrevista. Não se esqueça de elaborar previamente as perguntas e tente fazê-las de modo que o entrevistado revele tanto sua história pessoal como a história do bairro.

2. Ao final do livro, Miguel diz que "memórias de família são muito valiosas" e resolve escrevê-las para que elas não se percam com a morte dos entes queridos. Pensando nisso, que tal escrever algumas memórias da sua família? Você pode se basear nas suas próprias lembranças, em fotografias ou em relatos de pessoas mais velhas para escrever suas crônicas.

SUA OPINIÃO

1. No início da narrativa, Miguel menciona que seu interesse pelas ciências começou na escola, onde experiências com animais eram permitidas e operações em ratos eram realizadas (p. 16). Atualmente, há uma grande discussão sobre a proibição de testes com animais nas experiências científicas – alguns são radicalmente contra qualquer coisa que possa levar os animais ao sofrimento e à morte; outros consideram um "mal necessário" ao desenvolvimento científico. Qual a sua opinião sobre isso?

2. Miguel afirma que "todo mundo morando perto" foi a principal razão de sua infância "ter sido tão feliz". Ele também menciona constantemente não apenas seu relacionamento com os avós, como também o relacionamento de sua mãe, Giselda, com a bisavó Ada. Considerando esse relato e comparando com suas experiências e conhecimentos, você acha que a convivência familiar e intergeracional é importante para a felicidade das pessoas ou uma condição para uma infância feliz?

DO LIVRO PARA A REALIDADE

1. Logo no início da narrativa, Miguel menciona o hábito do avô de comprar terrenos em bairros afastados e construir neles casas para vender ou alugar, com a perspectiva de que o crescimento da cidade valorizaria os imóveis. Mais ao final da narrativa, ele menciona a compra das casas do bairro por grandes incorporadoras e o constante assédio dos corretores à sua família para que vendessem sua casa para a construção de prédios. Tais passagens remetem a um fenômeno urbano chamado de especulação imobiliária. Você sabe o que é isso? Com a orientação

como num parto gigante que trouxe milhares de novas pessoas para coabitá-lo. Hoje é um dos bairros mais valorizados da cidade. Uns sonham em viajar para o espaço – o velho avô queria criar novos espaços. Essa procura foi a razão da vida dele.

Cada vez que volto à cidade, a primeira coisa que faço é ir até a escola estadual, na qual estudei.

Ela é a árvore onde tenho minhas raízes...

Este livro foi composto em Avenir e Rotis Serif
e impresso em papel Offset 90 g/m².